KB180925

늘 흐르는 물처럼

장영규 시조집

늘 흐르는 물처럼

장영규 시조집

국학자료원

금년도 화창한 봄을 맞이한 가 했더니 예전에 볼 수 없었던 늦추위가 계속되고 조석으로 일교차가 높은 예보가 마음에 걸린다.

지난 2세 후진양성에 보람으로 긍지를 갖고 뒤도 돌아보지 않고 정년을 맞이하여 봉사로 시간을 보내며 아버님의 유품으로 남은 몇 권의 책자를 뒤적이며 젊은 시절 아버지의 창작활동을 돌아보며 평소에 서 두었던 한시 창작과 선대의 뿌리인 증조모와 조부의 행적을 살펴보고 늦게나마 문학 공부와 문학회 활동으로 전국의 명산대천을 찾으며 보고 느낀 아름다운 경관과 그 속에 들어있는 이야기를 소재로 쓴 수필과 시와 시조를 묶어 놓았다.

정년 후 그 동안 2005년부터 간간히 써두었던 수필과 시조들을 상재할 생각조차 하지 못하다가 컴퓨터에 저장 되어 있는 우선 300여 수의 시조들을 정리하여 그중에 100여 수를 가려서 상재하게 되었다.

막상 이야기 들을 소재로 쓴 시조를 묶은 것이긴 하지만 나름대로 내 얼굴을 세상에 내 놓은 것 같아 두려웠지만 더 늦기 전에 한 권이라도 정리 하여야겠다는 생각에서 용기를 내었다.

시를 감성이 아닌 이성으로 머리로 쓰는 시가 되다보니 어딘가 어색하다는 생각을 지울 수가 없다. 독자들이 즐겨 읽을 수 있고 함께 느낄 수 있는 감성으로 시를 써야 되겠다고 마음은 항상 생각되지만 마음대로 안 되는 것을 지울 수 없다.

그간 시조를 쓰기 위해 발 돋음을 준 임이혁 시조 시인에게 감사의 인사를 드리고 아직은 걸음마 단계이며 언제나 도움을 주시는 회원들의 격려와 많은 가르침을 주시고 시심이 막힐 때면 언제나 깨우쳐 주시며 작품집에게 까지 분에 넘치는 발문을 써주신 요완 원용우 박사님께 깊은 감사를 드린다.

이 시조집을 상재하기까지 옆에서 묵묵히 지켜봐 준 아내와 가족들 모두에게 고맙다는 말을하고 싶고 이 책을 출간하기 위해 애써주신 국학 자료원 출판사 정구형 대표님, 편집부 우정민 선생님께 고마움을 전한다.

2016년 4월 화장한 봄날
동대문 서실에서
장영규 드림.

목 차

|2부| 팔열부 정려각

|3부| 메밀꽃 여정

|4부| 서동공원(궁남지)

|5부| 수덕사의 여름

1부

봄이 오는 중랑천

제천 만남의 쉼터

샛노란 가을단풍 마음속 물들이고
만남의 쉼터에는 수몰민 망향의 한
그 한을 달래가면서
불러보는 고향노래

산성을 바라보며 청풍교 옆에 끼고
만남의 탑 둘레엔 실향민 생활상이
시간을 되돌려 놓네
한복 입은 선조들

자연과 인공조화 분수대 호반 정경
하늘을 솟구치는 물줄기 시원하고
세상의 온갖 번뇌를
씻어주는 것 같다.

청계천(淸溪川)

빨래터 버들습지 어두움이 걷힌 자리
강태공 모여들어 낚시질을 하였겠지
밤이면 찾아온 달님
잔잔하게 흐른다

반세기 쓰고 있던 모자를 벗어들고
새로운 단장으로 흘러간 은하수로
견우와 직녀 아가씨
만나서 속삭이는 곳

한때는 생활공간 근거지와 고가도로
드디어 품에 안겨 사랑을 독점하고
즐겁다 노래하면서
흘러가는 저 물결.

흐르는 세월

흐르는 강물처럼 아득한 종착역이
어느덧 달려왔나 칠십의 고래희가
친구여 놀라지 말게
하산 길 빨라지네

허공을 향하여 손을 저어 날려보고
몸담고 살아온 삶 이제 보니 모래성
친구여 아쉬운 마음
공수래 공수거

춘하추동 사계절이 차례로 오는 것을
낙엽이 지고나면 새순이 돋아나고
인간의 생 · 노 · 병 · 사가
뜨고 지는 해와 같네.

평강 식물원

최북단 철원땅에 자리한 생태공원
다양한 주제로 식물원을 꾸미고
여기는 열대식물도
이사와서 산단다

식물원의 12가지 테마가든 반겨주고
평안한 마음으로 건강한 마음으로
나무는 크게 떠들고
꽃들은 소곤거리고

어릴 때 거닐던 잔디언덕 여유롭고
회귀한 식물들이 방긋방긋 웃으면서
건강한 삶을 위하여
쉬어가라 이른다.

산정 호수

명성산을 병풍처럼 둘러싸여 아늑한 곳
철원에 묻혀 있는 바다 같은 산정 호수
누구를 기다리시나
항상 그 자리에서

억겁의 긴 세월 송악의 태봉 나라
망국의 슬픈 통곡 궁예의 울음소리
호수는 말이 없어도
속으로 울고 있다

사계절 명소 찾아 호수주변 산책로
수많은 남녀노소 마음으로 돌고 돌아
오는 이 반가워하고
가는 이 아쉬워하고.

북한산 둘레길

세상 밖 시름으로 한 시름 찌든 세상
둘레 길 산책길로 행락인 유혹하고
이리도 가도 되는 길
저리가도 되는 길

갈대 숲 행궁터에 부서지는 작은 폭포
북한산 능선 따라 와 닿는 그림들이
나그네 발길을 잡네
잠시 쉬어 가라고

별이 되고 달이 되어 날아든 마음으로
능선 길 올라서서 하늘을 바라보며
상상의 나래를 편다
꽃을 든 저녁노을.

상림공원

신라시대 최치원 인공림 조성한 숲
우거진 녹음사이 수로에는 맑은 물
한 모금 마쉬고 싶다
손발 담그고 싶다

효제와 충의 정신 현창한 함양고장
잔디밭 공원에는 역사의 인물 공원
고귀한 정신 받드는
후손들의 교육장

상림 숲 바람막이 선인의 혜안으로
명헌을 봉안한 함양의 선비정신
그 숨결 이어받아서
문사들 많이 나왔다.

산을 오르며

나무 잎 손짓 따라 따라나선 낯선 여로
가슴속 발자국을 살포시 해쳐 딛고
가쁜 숨 몰아쉬면서
올라가는 중년의 달

아카시아 짙은 향내 코끝을 자극하며
겹겹이 쌓인 추억 바늘처럼 내미는데
눈앞의 단풍나무가
가을 햇살에 빛난다

얼굴 가득 분칠하는 찜 찌릇한 땀방울
충혈 된 눈 아래 쌓여가는 오름 거리
오르고 오르다 보면
내려갈 날 멀지않다.

북악산 성곽 길

성곽 따라 남쪽으로 향기 짙은 솔밭 길
내뿜는 나무향기 새로운 힘 공급하고
옛사람 다니던길에
지금사람 따라간다

짙푸른 산림 속에 맑은 공기 차오르고
향긋한 숲속공기 가슴속 나래를
길손의 발길을 잡네
잠시 쉬어 가라고

백악의 북녘 루 계단 길 급경사로
가쁜 숨 몰아쉬며 걸음마다 휘청이고
이 길이 어떤 길인가
인생의 고갯길 같네.

한반도 지형

수려한 경관으로 물 맑은 영월의 땅
서강이 굽이굽이 아득하게 깃드는 곳
전망대
신선이 되어
정경으로 어지럽다

삼면을 대신하고 둘러싸인 강으로
탐방로 따라서 전망대 다달 으니
한반도
지형을 꼭 빼어
아름다운 선암마을

영월의 한반도면 울창한 소나무로
호미 곳 빼어나는 꼬리까지 닮아서
영월의
10경의 하나로
관광객들 모여 든다.

영월의 법흥사

영월 땅 수주면의 사자산 골짜기에
5대의 적멸보궁 자장율사 창건으로
석벽엔
설법 부조 물
합장하는 보살님들

사찰의 주변에는 적송나무 보배롭고
적멸보궁 뒤에는 석가의 진신 사리탑
천년의
신라 고찰로
고승들의 독경소리

중흥의 징효 대사 귀부 무늬 선명하고
석종 형 선원지 부도 옛 영화 말해주며
지혜의
성지 법흥사
신심을 일깨운다.

서해대교

국력의 상징으로 남과 북 뻗은 대교
평택 아산 지역을 하나로 묶었으니
하늘에 걸려있는지
둥둥 떠서 지나 간다

수많은 차량들이 물 흐르듯 밀려가고
아산항 부두마다 콘테이너 산더미로
한민족 혈맥이 되어
세계 속에 달려 간다

서해안 고속도로

균형적인 국토개발 서해안 고속도로
황해시대 예고하듯 남과 북 시원하다
민족의 숙원사업으로
이루어진 대역사

여행길 산야에는 만추로 물들이고
시원한 서해대교 국력의 상징으로
행하게 뚫린 혈관이
장수시대 알려준다.

새만금 방조제

19년 전 기공식 파란만장 고초로
서해의 우뚝 선 새만금 만리장성
바다에
쌓은 장벽이
새로운 길 열었다.

전시장 안에서 바라보는 방조제
대규모 농지와 임해공단 무역항
새만금
기적 이룬 날
눈 앞에 다가 왔다.

최대의 국토연장 최대의 간척 사업
김제서 군산거처 부안까지 끝이 없고
이대로
뻗어나서
통일한국 이룩하자.

의림지에서

삼한의 농경문화 입증하는 저수지
승경의 10경중에 제1경 명성답게
절경에 취하게 돼고
가야금 소리 듣게 되고

호반은 정비되고 은행단풍 눈부신데
아름드리 노송들은 굳은 절개 자랑하고
가슴에 품고 있는 뜻
늘 푸르게 가꾸시었네

봄이 오는 중랑천

강물은 유유하게 제길 따라 옮겨 가고
파릇한 봄이 오는 중랑천 긴 제방에
저 물도 제 길을 알아
뉘엿뉘엿 흘러간다.

겨울이 깊은 만큼 머잖아 봄이 오리
그래서 그러한지 얼음장 밑 수상하여
가만히 귀기울이여
봄이 오는 소리 듣는다.

달빛도 미덥잖아 등불 밝혀 들으시고
고인 물 빠질세라 돌부리 체일세라
밤마다 모퉁이 돌아
이슬 밭에 어머니.

2부

팔열부 정려각

동망봉에서

단종의 왕위찬탈 노산군 강봉 되어
왕후가 궁을 떠나 불교에 귀의하여
눈 감고 염불하다가
곱게 늙은 불보살님

광목천 염색하며 채소심어 연명하고
동망봉 올라서서 영월 땅 굽어보며
눈물로 지세우다가
망부석이 되었네.

정업원 거주한곳 초옥은 간데없고
왕후의 현신인 듯 청용사 자리하고
불같은 그리운 심장
감추고서 살았다.

사능(思陵)

역사의 사건으로 단종이 노산군으로
왕후가 강봉되어 부인으로 궁을 떠나
사시던 초가지붕엔
박꽃피어 애달프다

왕후로 복위되어 '사능'으로 불리건만
역사는 현장애란 갈라놓은 인간사
오늘도 합분을 못해
외로움을 더해주네

귀양 간 임 그리며 청령포 향한 마음
발 돋음 눈 돋움 한恨 애끓는 긴긴 세월
망부석 하나만서서
눈물 흘리고 있다.

* 사릉: 제6대 단종 비 정순왕후(1440~1521)능으로 82세에 세상을 떠날 때
  까지 단종을 그리워하였다 하여 능호를 사능이라 불리우고, 1698년(숙종
  24)노산군으로 강봉되었던 단종이 복위되자 부인도 왕후로 복위 되었다.

정여창(一蠹) 선생 생가

소슬 대문 위쪽엔 정려 판 충효 가문자랑
사랑채 외벽에는 대문자 '忠孝節義(충효절의)'
명현이 사신 집답게
충효바람 일렁인다

넓다란 대지에 조화 이룬 12동 건물
안채와 사랑채 별당과 가묘家廟 등
그분의 분신같은 건물
존경심이 절로난다

그 숨결 이어받아 명헌의 정신으로
후손들 중건으로 위용을 자랑하고
지나는 구름조차도
멈춰 섰다 떠나간다.

구국의 혼이 어린 울돌목

– 명량대첩

해남과 진도사이 협소한 해협으로
밀물 때 급한 조류 바다가 우는 곳
바다만 운게 아니라
왜적들은 울었다

13척의 함선지휘 왜수군 유인하여
지형과 조류 이용 거듭나는 공간으로
전선의 명량대첩은
사은님의 뜻이다

당시의 부녀자를 군사로 위장하여
강강술래 유산으로 전수관 자리하고
후손들은 새겨야한다
충무공의 슬기를

충민공 충렬사

충주시 단월동 대림 산 자락에
인조 때 호국용장 충민 공 모신사당
큰 날개 활짝 펼치고
비상을 꿈꾸는 것 같다

입구엔 푸른 절개 소나무 자랑하고
사당 앞 둘러선 단풍나무 선명하고
늘 푸른 사철나무가
임의 충절 상징하네

진무 문 지나서 사당 앞에 서있으니
장군의 기세(개)가 의연하게 다가오
옷깃을 바로 여미고
영정 앞 고개 숙인다.

충민공 유물관

경내엔 정경부인 '어제 달천 충열사비'
완산이씨 못지않은 애국충절 자랑하고
자결로 정절을 지켜
죽어서도 오래산다

민족 위한 빛난 업적 생생한 전시관
나라의 교지들과 유품들 전시하고
때묻은 물건들인데
섬광처럼 반짝인다.

윤봉길 의사 생가

일제의 식민 교육 거부하고 자퇴하여
문맹퇴치 운동으로 부흥원 창설하고
태어난 생가마당에는
무궁화 꽃 피었다

일제의 탄압 슬픔 분연히 일어서서
살아서 아니온다 망명길 올라서고
이처럼 의로운 정신
상징하는 대나무

온갖 위험 극복하며 독립운동 노리다가
천장 절 기념식장 거사에 성공하고
꽃다운 정신을 바친
애국정신 서려 있는 곳.

홍범식 선생 고택

산막이 옛길어린 괴산의 고택으로
근세 말 옛 집터에 발자취 찾아보고
충혼의
깃발 날린다
동부리 하늘 위에

한말의 구국충절 민족의 운동가로
충절을 기리는 대표적인 마음으로
우리를
반겨주시네
마당가의 오동나무

대은 공 (大隱 公) 변안열 묘역

암울한 역사 속에 그늘로 가려졌던
불굴 가 육백여 년 가슴이 뭉클하고
하늘에 닿을 듯한 기재
수그러들 줄 모르네

고려사 곡필삭제 묻혀있던 역사들
시인들 동반하여 문학상 제정으로
대은의 절의정신이
빛을보고 반짝이네

오백년 고려왕조 절개로 지킨 충정
무신의 굳은 절개 불굴가 목숨 바쳐
선생의 묻힌묘역에
낭송시 소리 쟁쟁하다

석북(石北) 신광수 선생의 얼

– 시조명칭 유래비를 세우고

가신 님 무덤가의 짙푸른 그늘아래
시조명칭 유래 찾아 유래비 세웠으니
유난히 푸른하늘에 낮달 하나 떠 있다

민족의 시조창은 우리의 전통문학
민족의 보배로운 뿌리 심은 얼이기에
석북의 업적을 기리는 문학제가 열렸네

서천에서 주경야독 어려움 속에서도
민족의 보배로운 시조 이름 밝혀내어
돌비에 크게 새겼네 문학사의 높은탑

박팽년 사당

사육신 일원으로 단종의 복위운동
세상에 태어나서 만고의 충신으로
소나무 같기도 하고
대나무 같기도 하고

영조 때 창건으로 위패 배행 사당으로
전면은 3칸으로 측면 2칸 목조건물
오시는 방문객 마다
고개숙여 묵념하네.

* 박팽년(1417~1456):세조 2년 단종 복위사건 연류 순절한 세종의 총애
　를 받던 조선초기의 문신으로 한글창제에 공헌 영조51년(1775) 사당 창
　건 1978년 지방기념물 제27호 지정되었음.

중원 고구려비

고구려 장수왕이 충주를 점령하고
충주에 세워진 유일한 고구려비
을지문덕이 세웠나
연개소문이 세웠나

삼국이 거쳐 간 충주 얽힌 중원 땅
비문은 마모되어 알아보기 어렵고
모양은 광개토대왕비
형제처럼 닮았네.

* 충북 충주시에 국내에 유일하게 남아있는 고구려 석비로 충주 문화재
　동호인의 제보를 받아 단국대에서 학술조사하여 국보 제 205호로지정
　(1981. 3)

삼척의 죽서루

삼척시 죽서루에 선현의 혼 찾아드니
대나무 푸른 숲을 등으로 배웅하고
성격은 대쪽 같아서
굽힐 줄을 모른다

죽서루 현판들은 누각에 즐비하고
신선은 어디가고 글귀만 남아있네
오는 이 가는 이들이
즐겨 읽는 시문들

바다의 선인들이 노닐 던 승경지에
고려조 충렬왕 때 이승휴 창건한 루
송강의 관동별곡이
바람타고 들려오네.

신숭겸 유적지에서

신숭겸 10세기 말 곡성에 태어나서
고려의 개국공신 신숭겸의 우국충정
죽어서 오래사는 법
보여주신 스승이다

장절 공 신숭겸의 유덕기린 신도비
김조순 문장 짓고 신위가 글씨 쓰니
세월은 덧칠을 해도
볼수록 윤기난다

팔공산 전투에서 견훤 군에 포위대자
왕건으로 위장하여 장렬히 전사하니
충절을 기리는 마음
무궁화 꽃 피었다.

팔열부(八烈婦) 정려각(貞閭閣)

– 정유재란 열부 순절 지

정유재란 칼바람 옥당고을 휩쓸 때
정씨 가(문) 부인들 칠산 바다 투신하여
영원히 살아계시네
팔열부 정려각

투신한 칠산 바다 오늘도 출렁이다
흘러간 세월 속에 우뚝 선 임의 모습
정절의 꽃을 피웠네
그 향기 진동하고

일편단심 목숨 바친 기상과 높은 충절
아름다운 이름들을 순절비에 새겼다
여덟 개 밝은 등불이
꺼질 줄을 모르네.

* 선조30년(1597년) 함평군 월야면 월악리에 거주하는 동래 정씨와 진주
  정씨 문중의 아녀자들이 묵방포 앞으로 피신, 왜적을 만나 정절을 기리
  기 위해 칠산 바다에 투신, 숙종7년(1681)에 명정을 받았고 순절비가 세
  워졌다(기념물 제23호).

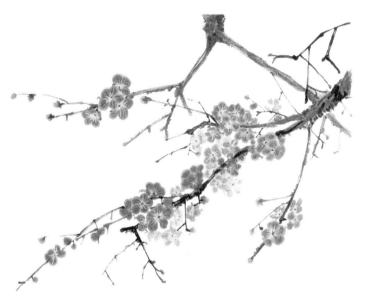

3부

메밀꽃 여정

의암 류인석 묘역

화서학파 정통으로 계승한 대유학자
산수와 공기 좋은 춘천의 자랑으로
선생님
가시었어도
더욱더 빛나리.

기념관 영상 실에 의암생애 화면보고
한말의 현실적인 대표적인 의병운동
의병장
구국충절로
의리정신 드높다.

유적지 중심으로 조성된 녹지 공간
주변의 체험 장의 민족의 혼 새기고
호국의
교육장으로
찾아오는 후진들.

남이(南以) 장군 묘역

기억에 살아있는 경춘선 기적소리
수려한 경관 속에 남이섬 자리하고
장군의 묘역주위에는
낙락장송 뻗쳐 있다

청평호 수면위로 떠있는 남이섬에
송림도 한을 품은 장군의 묘역에는
인생의 영원한 보람
별이 되어 반짝 인다

세조의 총애를 한 몸에 지니고서
여진족 조아리며 삭풍도 무릎 꿇고
청산에 길이 빛나는
묘비만 우뚝 섰다.

백야(白冶) 김좌진 생가

홍성군 갈산면의 정화된 생가지에
정문 안 좌우엔 공적비와 어록비문
눈부셔 볼 수가 없네
빛나는 그의 업적

소년시절 가노해방 가산분배 선각자
독립군 창설로 구국충절 묻어나고
그 기개 대나무되어
사시사철 푸르다

기념관에 진열된 청산리 전투싸움
칼끝에 찬서리가 호국충절 기리고
남기신 유품 속 에서
절규소리 들린다.

이규보(문성공) 묘소

좌청룡 우백호에 풍수설이 맺힌 자리
천수를 다하시고 진씨 부인 합장으로
산자락
유택지에는
서기瑞氣가 꿈틀댄다

양지바른 산자락에 노송들 손짓하고
초입의 문학 비는 거듭나는 공간으로
선생의
수려한 문장
천년을 흘러왔다

사람은 죽은 후에 얻는다는 삶 표본
백운소살 문인으로 명성을 떨치시고
비문의
선생님 일대기
우뚝 솟은 거목巨木이다.

생육신 원호(元昊) 묘역에서

문과에 급제하여 생육신과 직제학으로
나직한 산자락에 고이 잠든 묘소 앞
사후에
이조판서로
만대의 스승이다

단종이 감봉 되자 청령포로 유배되어
사모하는 마음으로 관란재의 여막에서
단종을
기리는 마음
후세의 표본으로

최석정 건의로 칠봉서원 배향되고
시호는 정간으로 정려각 세워지고
역사는
흘러갔지만
이름만은 영원하리.

육영수 생가를 찾아서

초여름 맑은 햇살 뜨락은 눈부시고
학처럼 고고한 임 미소짓는 그 모습
당신은 국보이시여
만인이 우러러 보는

온 산은 푸른 치마 고운맵시 자랑하고
한 시대 풍미하던 그분들은 안계시고
객들만 가득 모여서
추모의 향불 사룬다

야생화 반기는 길 줄 장미 웃는 골목
그 골목 드나들던 임의 열정 상징하나
가신 길 가시었어도
살아 계신 것 같네

예산 충의사

둘러싼 송림들은 임의 기백 상징하고
봉안한 영정에는 밝은 빛 넘실댄다
죽어서 영원히 사는 법
가르쳐 주신 스승님

그분의 충절처럼 저녁노을 붉게 타고
태어난 광연당엔 온갖 서기 서려 있다
기념관 구석구석에
배어있는 충의정신

선생의 말씀 새긴 어록 탑 높이솟고
남기신 유품에는 진한 향 물씬난다
고귀한 나라사랑정신
배우러 오는 순례자들.

황희 정승 반구정

강물에 비친 현판 원곡이 쓴 반구정
난세를 꾸짖는 듯 노 재상 동상에는
청백리 재상답구나
후손들은 새기는지

나라 위해 멸사봉공 청백리 사표와
영원한 역사의 향 명상의 교훈으로
우러러 본받아야지
당신의 선비정신

석양이 짙은 언덕 송악산 바라보며
임진강 날아드는 갈매기 벗을 삼아
사시던 그 시절 그리워
가슴에 손 얹는다

소나기 마을

작품 속 배경으로 양평으로 자리하여
작가의 문학세계 발자취 찾아보고
지난 날 남기신 유품 속에는
그분 채취 풍겨온다

양평에 도착하니 청명한 가을 하늘
선생님의 문학세계 우리를 인도하고
글 꽃이 만발 했구나
찾아오는 벌과 나비

문학관 주변에는 작가의 세계로
산책로를 구성해 훌륭한 자취로
선생님 가시었어도
문학의 꽃 피어 난다.

수우재(가람 생가)

생가를 지키고 선 대나무 숲 푸르고
들판을 품에 안은 지조 있는 선비모습
시조를 혁신하시여
새롭게 만드시고

시조창작 이론정립 선구자로 앞장서고
가슴이 뭉클 하는 주옥같은 작품들
선생님 가시었어도
향기 짙은 시의 꽃

태어난 생가 터엔 소담스레 자리하고
한 시대 빛내시던 선생님 간곳없고
수우재 홀로남아서
방문객 맞아준다.

최용신 묘소

일제의 암흑세상 햇불을 밝혀들고
연약한 몸으로서 불철주야 감내하고
산화한 꽃다운 청춘
백합화로 피어있다

주민들 통곡소리 하늘엔 비내리고
유달영 시를 쓰고 민태식 글씨 쓰고
북망산 오르는 길에
둘비하나 우뚝섰다

묘역의 나목에는 정절의 혼 서려있고
약혼자 옆에 누워 못 다한 사랑으로
망초꽃 피워 놓고서
그리움을 삼킨다

최용신 기념관

심훈의 상록수는 늘 푸른 나무로
주인공 채 영신은 본래의 최 용신 양
동산에 떠오른 달이
온 누리를 밝힌다

일제의 고난 속에 고녀를 졸업하고
감리교 신학교는 계몽의 물이 핀곳
등불을 밝혀들고서
앞장서 걸어왔다

주민들의 무관심은 냉대를 뛰어넘어
사랑과 정성으로 그 벽을 허물었다
그날의 새벽종소리
아직도 들려온다

정지용 문학관

초가로 복원이 된 서정이 서린 생가
한 시대 빛내시던 시인은 간곳없고
그 분의 손때가 묻은
유품들만 남아있고

생가에 들어서니 감돌던 임의 숨결
실개천 맑은 내는 시인의 표상인가
시 한수 지어놓고서
음영하던 그 소리

새 시대 기운에서 피워낸 시의 꽃들
시인의 뜨거운 향기 온 방안 가득하네
가슴이 뭉클해지는
주옥같은 작품들

익산 미륵사지 석탑

미륵산 남쪽자락 미륵사지 자리하고
백제의 불교예술 정수를 집결시켜
구층탑 세워 놓았네
돌을 깎고 다듬어서

미륵사 구층 석탑 백제 무왕 창건하고
백제의 미륵사상 백성들에 불교전파
기다린 미륵부처님
오실 때는 언제인가

최대의 백제 가람 천여 년 올라서서
석탑의 사리장엄 석공에도 뛰어나고
백제 혼 일깨워 준다
내면에 담긴 정신.

메밀꽃 여정

봉 평에 도착하니 아늑한 평온으로
작가의 문학세계 우리들 인도하고
자연의 신비로움에
마음마저 풍요롭다.

가산 소설 배경 봉 평 이 효 석 생가 터에
야 생 화 꽃 피우며 보리 밭의 향수로
임 가신 문학세계를
다시한번 상기 한다.

가산의 문학관으로 발자취 찾아보고
유년의 생애와 메밀꽃 추억으로
지난 날 훌륭한 자취로
빛난 업적 새겨본다.

4부

서동공원(궁남지)

백수 정완영 문학관

김천에 도착하니 아늑한 평온으로
작가의 문학세계 우리들 인도하고
선생님 닮으셨는지
반갑게 맞아준다

민족의 암흑시기 시조의 중흥기에
선생의 생애와 업적을 기리고저
밖에는 꽃향기 흐르고
안에는 문향 흐른다

시조 계 선구자로 창작 공간 자리하고
현대시 정서와 삶의 가락 담겨 있는
이곳은 시조의 바다
시조물결 출렁인다.

백제의 부소산성에서

고란사

백제 여인 넋을 위해
낙화암 절벽 중터

고란사 바위틈에
고란초 고란약수

망국의 한을 안고서
울려오는 범종소리

백마강

꽃잎 진 벼랑으로
백마강이 흘러들고

칠백년 인 걸 사직
어디에 계시는지

떨어진 삼천궁녀의

원성처럼 흐르는 물

만해 한용운 생가

홍성의 충절 고장 선친은 문신으로
시국은 동학혁명 숙연해진 방문객
불교의 대중화 운동
불교기를 혁신하고

유심 지 창간하여 민족의 얼 심어주고
삼일운동 앞장서서 공약삼장 첨삭하여
한민족 독립정신을
만방에 선포했다

주옥의 문장으로 창작활동 하시다가
오세 암 은거하여 님의 침묵 탈고하고
오도송 진리의 시어
영원토록 빛난다.

만해 기념관

설악산 굽이 돌아 구절양장 산중 속에
찬란한 문화유산 이곳에 자리하고
만해의 독립정신을
기둥삼은 기념관

백담사 득도하여 민족의 얼 심어주고
유신론 집필하고 유심 지 창간하여
어둠을 밝혀주셨다
횃불처럼 타 올랐다

오세 암 은거하여 창작활동 진념으로
주옥의 시집으로 님 의 침묵 탈고하고
님으로 시작하시어
님으로 마치었다.

탑평리 칠층석탑(중앙탑)

조화롭게 세워진 유물의 전시관 앞
평지에 토대 쌓고 기단 위 7층 탑신
신라 땅
중앙에 서서
삼국 통일 자랑 한 탑

봄빛 실은 남한강 수줍은 듯 탑을 돌고
강 건너 탄금대엔 우륵의 가야금 소리
지나간
아픈 사연이
발길을 잡는 구나

넓다 란 잔디밭에 옆으로는 남한강
조화롭게 빼어난 면모를 자랑하고
산수가
조화이룬 경치
국보의 제 6호로.

미륵사지(미륵세계사)

미륵사지 찾는 길엔 솔바람 반겨주고
신라와 고구려 및 백제가 노리던 땅
중원 땅
문화유적 보존
복원불사 아름답다

돌을 쌓아 석굴로 세워진 미륵사지
미륵의 석불입상 유형의 문화재들
연화문
당간지주가
사찰을 대변한다

신라의 망국한과 고려 혼의 숨결로
애절한 역사 속에 살아서 숨 쉬는 곳
애절한
마의태자 전설
천년 사를 말해준다.

정지용 생가

연초를 물들인 옷 갈아입은 산야 달려
문학의 발자취 유적지 찾아간다
선생님 가시었어도
향기짙은 시의 꽃들

전시실 바로 앞에 임의동상 앉아있고
찾아온 방문객들 함께 앉아 사진찍고
추억의 앨범 속에서
웃고 있는 동료 문인

문학관 주변에는 생가와 실개천이
그림처럼 어울려서 호흡을 하고 있다
뛰놀던 마당가에는
해바라기 웃고 있고

김삿갓 문학관

영월 땅 들어서니 겨울 비 재촉하고
문학관 찾아들어 영상실 안내되어
그분의 문학세계에
흠뻑 젖어 들었다

조부를 비판하는 글 장원에 합격하고
그 일이 가슴속에 한으로 못이 박혀
삿갓에 도포를 입고서
떠도는 별 되었다

민중의 한恨설움 일세를 풍미하며
해학과 풍류로서 시 세계 추구하고
아무도 흉내 낼 수 없는
선봉이 된 선구자

와석골(김삿갓 묘소 마을)

푸른 산 저 너머로 하늘만 보이는 산
김삿갓 깊은 계곡 십리에 뻗어 있고
그 분이 사시던 생가
문향이 일렁인다

죽으면 묻어 달라 유언한 와석골에
노루목 양지 바른 방랑시인 묘소 찾아
죽장은 어디다 두고
몸만 홀로 누었는가

고산준령 풍운 속 청운의 꿈을 안고
하동면 와석골 수려한 산자락에
흙집을 짓고 살아도
대궐 부럽지 않으시네.

* 와석골: 영월군 하동면 와석리로 해악과 재취와 풍류로 한 세상을 살다
  간 조선후기 방랑시인 김삿갓이 잠든 묘지와 생가.

유치환 기념관

기념관 도착하니 아늑한 평온으로
선생님 문학세계 우리들 인도하고
청마는 달리고 있네
문학의 광장으로

선생님 문학관에 발자취 찾아보고
그분의 문학 업적 훌륭한 자취로
남기신 좋은 작품들
다투어 읽히고 있네

선생님 문학과 삶 숨 쉬는 공간으로
현대시 선구자로 전시되어 살아있고
시의 밭 시의 나무가
낙락장송 되었네.

박인환 문학관

산채 정식 만복으로 문학관 찾는 길엔
폭염의 맑은 햇살 햇빛은 눈부시고
멋쟁이 시인 께서는
꽃밭에서 노닐었다

상동리 생가 터에 요절한 천재시인
앞뜰의 잔디밭에 청동상 자리하고
목마는 어디로가고
숙녀는 어디로 갔나.

창의사(彰義祠)

— 원척석 사당

원주시 향토유적 창의사 자리하고
사당의 옆으로는 묘소가 자리하여
선생의 사표가 됨은
원주의 자랑이다

주변에는 후손들의 표석으로 자리하여
어른의 숭상함이 더없이 드러나고
운곡제 제례봉행 행사로
효성의 표본이다

치악산 은거하여 태종의 스승으로
절개와 높은 지조 조선 초의 은사隱士
유학자 삼교 일치론 으로
명성이 드높다.

오장환 생가

일자형 한식가옥 전형적인 초가지붕
생가의 이름 문패 생가를 대신하고
언어로 밭을 갈아서
일구어 논 문전옥답

초여름의 신비함에 마음이 풍요롭고
붓으로 일구시던 유서 깊은 생가 터
시의 밭 시의 나무가
낙락 장송 되었네

비운의 역사 속에 현실을 아파하며
월북 작가 시심의 세계를 열어놓은
선택은 자유이지만
잘못 선택한 그의 길.

충렬사(忠烈祠)

– 원충갑, 김제갑, 원호(여주 목사) 사당

원주의 치악산 영월산성 공격하자
충 · 효 · 열 표상으로 호국정신 깃든 곳
선열은
가시었어도
나라사랑 표본으로

운곡의 대종회 건립부지 희사하여
충 · 효 · 열 빼어난 업적을 기리어
서기가
뻗쳐 오르네
아름다운 향내나고

치악산 정기 어린 원주의 하동 땅에
유생들이 상소하여 충렬사로 사액되어
세분의
위폐모시고
사랑나무 키운다.

서동 공원(궁남지)

송림 사이 연꽃 길 버드나무 정겹고
그 옛날 왕과 공주 이 길을 걸으면서
봄바람
가을 달빛에
사랑노래 불렀을까

　서동요 테마파크

백제무왕 선화공주 어려 있는 정원으로
애틋한 싹이 돋아 부용으로 태어나고
알알이
열린 전설이
탐스럽게 익어간다

　정림사지 오층석탑

현존하는 석탑 중 오래된 석탑으로
눈서리 산머리에 어두움만 찾아오고

백제의

영혼을 담아

이끼 옷만 푸르다.

5부

수덕사의 여름

마라난타사

칠산 바다 물길 따라 백제불교 전해지고
영광 땅 법성포로 불연이 깊은 고장
가까이
열부순절지로
정유재란 일깨운다

기념비 적 명소를 조성하여 자랑으로
사면대 불상 부용 루 탑 원 상징문과
간다라
유물관 전시실
불교문화 빛이 난다

마라난타 주변에는 숲 쟁이 꽃동산과
최초의 원불교 영산성지가 자리하고
사찰의
건립 불사에
성역화로 노력한다.

백담사

일주문 들어서니 만해정신 산실로
좌우로 화엄실과 법화실 보존하고
자비의 밥을 먹고서
살찌우는 영혼들

선사의 출가사찰 정면에 극락 보존
화엄실 역대의 전통이 수행한 곳
그 분이 쓰인 방에는
五共의 바람일고

수려한 자연 속에 소장된 유물 모아
찬란한 예술보고 금자탑 이룩하고
북소리 범종소리가
적막강산 울린다.

속리산 법주사

입구에 6백년을 버티어온 정이품 송
숲 터널 일주문에 호서 제일 대가람
한 줄기 부는 바람은
자비의 바람이다

일주문 들어서니 대웅보존 마주보고
주변에는 알려진 문화재 즐비하여
중생들 찾아 오신다
공부하고 배우려고

의산 스님 창건이후 여러 차례 중건하고
마당에 팔상전과 미륵대불 자리하여
이 땅에 미륵신앙의
요람으로 거듭 난다.

통도사 극락암

구름도 쉬어가는 영축산 죽령고개
중생들 앞에 서서 미소 짓는 큰 스님
한낮의 오색연등에
자비광명 찾아 온다

극락암 찾는 길섶 노송이 우거진 곳
유월의 신록바람 가슴에 부여안고
산길을 오르고 있다
도를 닦는 심정으로

수려한 산허리엔 안개구름 피어나고
연초록 비단위에 산 벚꽃 수를 놓고
들리는 풍경소리가
내가슴을 울린다.

천년의 고찰 불갑사(佛甲寺)

노령산맥 정기어린 불갑산 수려한 터
대웅전 목조 삼신 불좌 상 보물 지정
최초의 불법도량으로
불갑사라 명명하고

대웅전 팔각지붕 장식되어 이채롭고
연화문 보상화문 국화 문 자랑하며
불교의 최초 요람지로
거듭나는 영광 땅

야외는 부도탑비 참식 나무 둘러 있고
전국의 최대 규모 상사화 군락지로
고장을 대변하는 축제
향기롭게 들리네.

청평사

청평사길 노송들은 푸른 절개 맞이하고
오봉산 수려한 봉 만년 청 자랑하며
그안에 자리잡고서
살아가는 꿩 한 마리

오봉산 수려한 봉 연못 속 잠겨있고
사다리 골 영지에 고려의 향 숨쉬며
날마다 경 외는 소리
배어 있는 구층탑

역사의 숨결이 숨 쉬는 천년 사찰
고려의 광종시대 영현스님 창건하여
회전문 돌아갈 때쯤
돌아가는 여신도들.

연흥사의 초여름

군유산 중턱에 자리 잡은 천년 고찰
창건의 미상으로 사적 기 알 수 없고
그래도 살아 오셨네
불법을 전파하며

초여름 가득 실은 노령산맥 푸른 정기
석탑 조성 신 조불 고려시대 추정하고
탑 주위 돌아가면서
복을 비는 보살님

왜병의 정유재란 옥당고을 휩쓸고
피해를 입은 사찰 영광의 명승지로
다투어 찾아와서는
마음공부 하는 이들.

황학산 직지사

황악산 중심부에 신라불교 발상지로
아도화상 창건으로 큰 스님 배출하고
그 스님오고 가면서
나이테는 쌓여가고

대웅전 후불탱화 삼층석탑 자리하고
도리사 금동육각 사리탑 사리함은
영원히 살아가는 길
가르쳐 주시었다

직지사 풍경소리 바람결에 들려오고
노송의 푸른 절개 하늘높이 치솟았다
스님들 예불할 때는
나무들도 고개 숙인다.

강화도 보문사

신라의 선덕여왕 회정대사 창건한 절
조선조 순조 때 중건한 보문사로
대웅전 운포 (정완철)편액이
석가 불의 자비 같다

수평선 서해에는 크고 작은 무수한 섬
저 멀리 흰 구름 중국 땅 보이는 듯
관음의 자비로움이
이 시야에 떠오른다

석모도 신설된 일주로의 상쾌함이
물안개 저 멀리 눈썹바위 정겨웁고
부처님 은혜로움일까
마음마저 포근하다.

서운암 들꽃 축제

서운암 인근 야산 온 누리에 가득한
스님의 자비력과 도량의 헌화의식
들꽃의
수천송이 모습
불심 환히 핀것같다

영축 산 숲길들과 우거진 나무사이
신록의 싱그러움 지천에 쏟아지고
부처님
오시는 길목
오색 연등 길 밝힌다.

초여름 연꽃

풍랑을 다스리며 청정으로 여민숨결
진흙에 뿌리박고 내민 얼굴 순수보살
세상사
어지러워도
자비롭게 웃는 모습

서운암 초여름의 입구에 자리하고
오월의 연못에는 방문객 사로잡아
꽃등을
달아 놓았네
어두움 밝혀주는

16만 대장경 장경각 봉안

역사의 맥을 잇는 서운암 통도사에
도자기 십육만 대장경이 봉안되고
흘린 땀

말씀과 더불어

영혼을 일깨운다.

백암산 백양사

노령산맥 정기 이은 백암산 수려 한터
백제무왕 여환조사 창건한 고찰로
자비의
꽃을 피 운다
여기저기 달린 연등.

봄기운 가득실은 백암산 푸른 정기
호남 불교 요람으로 자리를 차지하고
불심을
일깨 우신다
마음을 열어 주신다.

충렬사 입구 소나무

입구의 푸른 절개 늠름하게 우뚝 서서
방문객 맞이하며 경내를 지켜주고
역대의 충신열사가
여기에서 숨 쉰다

비바람 몰아쳐도 푸르름 잃지않고
만인의 칭송을 한몸에 지니고서
푸른꿈 부푼가슴에
정절의 혼 표상이다.

수덕사

더덕중식 만복으로 수덕사 찾는 길엔
겨을을 재촉하는 촉촉한 비 내리고
부처님 사는 세상이다
웃는 얼굴 뿐이다

덕숭산 중심부에 백제시대 창건으로
불조의 선맥으로 선지종찰 자리하며
풍경이 우는 소리에
내 번뇌 사라 졌다

일제의 강점기에 경허스님 법맥 형성
만공스님 법맥이어 많은 후학 배출하고
열심히 수덕을 해서
여유로워 보인다.

수덕사의 초여름

봄바람 지난자리 무더위로 손짓하고
온 산의 산세들은 초록으로 물들이면
여름이 성큼 찾아와
소담스레 여물어간다

호서 지방 소금강 수려한 경관 속에
기라성 고승 선덕 배출한 선지종찰
불도의 고승 선덕 배출
면면히 계승되고

덕숭 산 중심부에 백제시대 창건으로
불조의 선맥으로 선지종찰 자리하여
풍경이 우는소리에
내 번뇌 사라졌다.

나라사랑과
시조사랑 정신 / 원용우

나라사랑과 시조사랑 정신

원용우
(한국교원대 명예교수)

우리의 시조는 7백여 년의 역사를 지니고 있다. 시조는 창작면과 이론면에서 살펴볼 수 있는데, 그 이론을 개발한 이가 가람 이병기 선생이라고 생각한다. 그 이후 월하 리태극 선생이 뒤를 이어 많은 연구결과를 내놓았다. 그래서 시조의 형식, 내용, 종류, 연원, 작가론, 작품론, 시조사 등에 대하여는 많은 연구가 이루어진 것으로 안다. 그러나 시조의 정체성에 대하여는 언급한 이가 거의 없는 상태다. 그런데 이광녕 박사의 "시조의 우수성과 문화재적 가치"란 논문이 나와서 정체성 연구에 도움이 되었다. 「시조사랑」 제5호의 논문 목차를 보면 그 문화재적 가치로서 1. 時調는 詩調다. 2. 시조에 내재되어 있는 미적 요소, 3. 시조문학의 멋과 맛 등을 제시하였다. 미적 요소로서는 ① 절제미, ② 긴장미, ③ 균제미, ④ 완결미 등을 제시하였고, 멋과 맛으로서는 ① 압축과 여운의 멋, ② 풍류와 가락의 멋, ③ 촌철살인의 교훈과 비판의 멋, ④ 비유와 풍자의 멋, ⑤ 여유와 재치, 화답의 멋 등을 제시하였다. 그러나 문화재적 가치를 상승시키기 위해서는 그 정체성을 강조해야 되고, 그 정체성으로는 '조선의 얼'이나 '선비정신'을 강조하는 것이 효과적이라고 생각한다. 육당 최남선은 우리 時調를 朝鮮國土 · 朝鮮人 · 朝鮮心 · 朝鮮語 · 朝鮮音樂을 통하여 표현한 必然的 一樣式이라고 하였다. 이런 것들을 한마디로 '조선의 얼'이라 할 수 있다. 다시 말해서 시조의 정체성은 '조선의 얼'을 나타낸 시의 양식이라는데 큰 意義가 있는 것이다.

필자는 근래 가수 나훈아씨가 콘서트를 하면서 한 이야기를 들은 바 있다. 그는 음악에 대하여 언급하면서 "전통성과 정체성은 변개하지 말고, 그 외 것은 변해야 음악이 발전한다."고 하였다. 이 말은 우리 시조에도 그대로 적용된다. 시조의 전통성은 3장 6구 12절이라는 그 형식이고, 정체성은 조선의 얼 또는 선비정신 같은 것이다. 그러니 조상들이 물려주신 시조형식은 건드리지 말아야 하는데, 요즘 시조형식을 흔들고 파괴하는 자들이 요란한 소리를 내고 있어 큰일 났다는 생각이 든다. 왜 정형시인 시조형식을 파괴하면서 자유시도 아니고 시조도 아닌 작품을 양산하는지 이해가 안 간다. 자유시처럼 써놓고도 그것을 시조라고 한다.

그런데 만헌 장영규 시인은 정형과 정격을 잘 지켜서 작품을 쓰니 모범생이라고 하겠다. 만헌이 이번에 그 동안 써 모은 작품들을 한데 묶어서 첫 시조집을 낸다. 참으로 경하할 만한 일이다. 만헌은 2010년 『한맥문학』의 시조부문으로 등단의 절차를 거쳤다. 그리고 시조사랑시인협회와 여강시가회의 이사직을 맡아서 봉사활동을 하고 있다. 또 <광나루 문학회> 회원으로서 수필도 쓰고 있다. 시조와 수필을 어울려 쓰는 것이 그의 장점이요 특징이다.
이제 그의 작품을 정독하면서 문학적 특성을 찾아내는 계기로 삼
아보자.

Ⅰ. 우리자연을 사랑하는 정신이 드러난 작품

나무 잎 손짓 따라 따라 나선 낯선 여로
가슴 속 발자국을 살포시 헤쳐 딛고
가쁜 숨
몰아쉬면서
올라가는 중년의 달

아카시아 짙은 향내 코끝을 자극하며
겹겹이 쌓인 추억 바늘처럼 내미는데
눈앞의
단풍나무가
가을 햇살에 빛난다.

얼굴 가득 분칠하는 찜찌듯 한 땀방울
충혈된 눈 아래 쌓여가는 오름 거리
오르고
오르다 보면
내려갈 날 멀지 않다

– 산을 오르며, 전문

이 작품은 3수 연시조로 되어 있다. 제1수의 종장은 음수율이 3544로 되어 있다. 제2수 종장의 음수율은 3553으로 되어 있다. 제3수의 종장은 3544로 되어 있다. 각 장은 4음보로 되어 있고, 음수율은 정해진 범위를 넘지 않았다. 그런 점에서 만헌 장영규 시인은 정격의 시인이라 할 수 있다. 그가 얼마나 우리의 전통을 지키려 하는지는 그의 작품 전체를 읽어보면 알 수 있는 일이다. 제1수의 초장에서는 "낯선 여로"를 제시했고, 중장에서는 "가슴속 발자국을 헤쳐 딛고 간다."는 표현을 하였다. 무언가 의미심장한 이야기 같다. 종장에서는 "가쁜 숨 몰아쉬면서 올라가는 중년의 달"이라 했는데, 여기서의 '달'은 시인 자신을 의미하는 것 같다. 자아를 중년의 달에 비유한 것은 표현의 묘미를 느끼게 한다.

제2수는 산을 올라가면서 보고 느낀 것들을 형상화한 것이다. 그 시간 아카시아 짙은 향내가 코끝을 찌르고 있었다는 것이다. 중장에서는 "겹겹이 쌓인 추억 바늘처럼 내미는데"라 하였는데, 이러한 표현 때문에 시의 맛을 느끼게 한다. 눈에 보이는 것을 그린 게 아니라, 눈에 안 보이는 것을 그렸다는 점에서 형상화가 잘 되었다고 생각한다. 그리고 종장에서는 "단풍나무가 가을 햇살에 빛난다."고 했는데, 이 작품의 계절적 배경을 제시해 준다는 점에서 의미를 찾을 수 있다.

제3수 초장에서는 산을 오르기 힘들다는 것을 나타내었고, 중장에서는 오르면서 눈 아래 오름 거리가 쌓여간다고 하였다. 그리고 종장에서는 시조다운 여유의 멋을 부려 보았다. "오르고/ 오르다 보면/ 내려갈 날 멀지 않다."는 것이다. 산도 정상에 오르면 내려오게 되듯이, 인생도 청장년기를 지나면 내려오게 되는 것이다. 이 작품이 처음부터 끝까지 등산 이야기로 끝났으면 재미없을 텐데, 이처럼 인생 이야기로 전환한 데서 작품의 효과는 배가된다고 생각한다.

> 명성산을 병풍처럼 둘러싸여 아늑한 곳
> 철원에 묻혀 있는 바다 같은 산정호수
> 누구를
> 기다리시나
> 항상 그 자리에서
>
> 억겁의 긴 세월 송악의 태봉 나라
> 망국의 슬픈 통곡 궁예의 울음소리
> 호수는
> 말이 없어도
> 속으로 울고 있다
>
> 사계절 명소 찾아 호수주변 산책로
> 수많은 남녀노소 마음으로 돌고돌아
> 오는 이
> 반가워하고
> 가는 이 아쉬워하고
>
> — 산정호수, 전문

이 작품도 형식상 3수 연시조로 되어 있다. 만헌 장영규 시인은 3수 연시조를 선호한다. 이 문제는 작가의 기호에 따라 달라지는 것이기에 왈가왈부할 일은 아니다. 아마도 이 3수 연시조를 선호하는 것은 안정감이 있기 때문이라 파악된다.

제1수는 先景後情의 구조를 띤 것 같다. 초장에서는 호수 주위에 명성산이 둘러쳐져 있다는 것이고, 중장에서는 철원에 소재하는 호수인데 바다처럼 넓다는 것이다. 여기까지는 先景에 해당한다. 그런데 종장에서는 호수가 누구를 기다리는 것으로 보았다. 감정이입의 수법을 썼는데, 자아의 느낌을 나타냈으니 後情에 해당한다고 본다.

제2수에서는 이 산정호수의 역사성을 나타내었다. 그 옛날에는 이곳에 태봉이라는 나라가 있었다는 이야기다. 태봉은 901년 궁예에 의해 건국되어 918년 왕건에 의해 멸망하였다. 신라, 후백제와 더불어 후삼국시대를 열었으며, 후고구려라고도 한다. 그 당시 신라는 국력이 쇠퇴해졌으며, 전국 각지에서는 반란이 일어났다. 이때 궁예가 고구려의 부흥을 내세우고 후고구려를 세웠으며, 뒤에 국호를 태봉으로 바꾸었다. 태봉국은 18년밖에 존속하지 못해서 아주 단명했다는 평가를 받는다. 그래서 중장에서는 "망국의 슬픈 통곡 궁예의 울음소리"라고 표현하였다. 그러한 역사성으로 인해서 종장에서는 "호수는/ 말이 없어도/ 속으로 울고 있다."는 자아의 느낌을 나타낸 것이다.

제3수는 선경후정의 수법을 구사하였다. 호수 주변에는 산책로가 개설되었고, 사계절 사람들이 찾는 명소가 되었다는 것이다. 그러니 수많은 남녀노소가 이곳을 찾아와서 걷기운동을 하고 주위를 돌아다닐 수밖에 없다는 생각이 든다. 그리고 종장에서

"오는 이/ 반가워하고/ 가는 이 아쉬워하고"라 한 것은 자아의 느낌이다. 이러한 느낌은 자아의 감정과 같다. 바로 後情에 해당하는 것이다.

II. 우리역사 사랑정신이 드러난 작품

초여름 맑은 햇살 뜨락은 눈부시고
학처럼 고고한 임 미소짓는 그 모습
당신은 국보이시어
만인이 우러러 보는

온 산은 푸른 치마 고운 맵시 자랑하고
한 시대 풍미하던 그분들은 안 계시고
객들만 가득 모여서
추모의 향불 사룬다.

야생화 반기는 길 줄 장미 웃는 골목
그 골목 드나들던 임의 열정 상징하나
가신 길 가시었어도
살아 계신 것 같네

— 육영수 생가를 찾아서, 전문

장영규 시인의 작품적 특징은 내포보다는 외연을 중시해서 그리었다. 제1수 초장에서는 시간적 배경을 제시하였다. 계절은 초여름이고 눈부신 햇살이 내리 쬐일 때라는 것이다. 중장에서는 육영수 여사의 외모를 그리었다. 육영수 여사는 1925년에서 1974년까지 생존했던 박정희 대통령의 부인이시다. 본관은 옥천이며 옥천여자전수학교에서 1년간 교사 생활을 하였다. 1974년 8월 15일 서울 장충동의 국립극장에서 문세광이 쏜 총에 맞고 사망하였다. 이러한 육영수 여사를 이 작품의 종장에서는 만인이 우러러보는 국보라고 한 데에 의미가 있다.

제2수 또한 외연에 치중한 것으로 보여진다. 초장에서는 온 산이 푸른 치마를 입고 맵시를 자랑한다고 하였다. 중장에서는 한 시대를 풍미하던 그분은 안 계시고 그분이 사시던 생가만이 찾아오는 손님들을 맞이한다고 하였다. 얼마나 많은 사람들이 방문했는지 객들만 가득 모여 있다고 표현하였고, 그들의 추모 열기가 대단한 것을 '추모의 향불 사른다.' 는 말로 대신하였다.

제3수는 시인 자신의 긍정적 인생관이 드러난 작품이다. 그는 매사를 좋게 해석하고 좋게 보고 있는 것이다. 길가에는 야생화가 피어 있고, 골목에는 장미꽃이 만발했다는 것이다. 그 빨간 장미꽃은 이곳을 드나들던 임의 열정을 상징한다는 것이다. 그런데 종장에서는 "가신 길 가시었어도/ 살아계신 것 같다"고 했으니, 육영수는 영원히 살아있다는 것을 간접적으로 표현한 것이다. 주인공 육영수 여사를 존경하는 마음을 이보다 더 절실하게 표현할 수는 없다고 생각한다.

    충주시 단월동 대림산 자락에
    인조 때 호국용장 추민공 모신 사당
    큰 날개 활짝 펼치고

비상을 꿈꾸는 것 같다

입구엔 푸른 절개 소나무 자랑하고
사당 앞 둘러선 단풍나무 선명하고
늘 푸른 사철나무가
임의 충정 상징하네

진무문 지나서 사당 앞에 서 있으니
장군의 기개가 의연하게 다가오고
옷깃을 바로 여미고
영정 앞 고개 숙인다.
　　　　　　　　　　　　　　　　－ 충민공의 충렬사, 전문

　이 단락에서는 만헌 장영규 시인의 역사의식을 찾아보려는 것이다. 앞에서는 육영수 여사에 대한 존경심을 알아보았고, 여기서는 임경업 장군의 충절의식을 탐색해 보려고 한다. 임경업장군의 시호는 忠愍, 충주 출생이다. 친명배청파의 무장이다. 1618년 무과에 급제, 1620년 소농보권관, 1622년 중추부첨지사를 거쳐 1624년 정충신 휘하에서 이괄의 난을 평정하였다. 1627년 정묘호란 때 좌영장이 되었고, 1640년 안주목사 때 청나라의 요청에 따라 주사상장으로 명나라를 공격하기 위해 출병하였다. 1646년 인조의 요청으로 청나라에 송환되어 친국을 받다가 타계하였다. 이처럼 유명하고 업적이 많은 장군이니, 그를 대상으로 시조를 쓰는 것은 의미가 있다고 본다. 제1수는 임경업 장군의 영정을 모신 충렬사에 대한 묘사이다. 그 사당은 충주시 단월동 대림산 자락에

위치해 있다는 것이다. 그 사당에는 호국용장 충민공의 위패를 모
셔놓았다고 하였다. 그 사당의 위용이 얼마나 대단하던지 큰 날개
를 활짝 펼친 것 같고, 마치 비상을 꿈꾸는 형상을 하고 있었다는
것이다.

제2수도 사당의 주변 경치를 그리었다. 늘 푸른 소나무는 장군의
푸른 절개를 상징하는 듯하고, 사당 앞에 둘러 선 단풍나무는 아름
다움을 자랑하고 있다는 것이다. 그리고 종장에서는 "늘 푸른 사철
나무가/ 임의 충절 상징한다."라고 하였으니, 임경업장군의 충절의
식과 나라사랑 정신이 어떠하였는지를 미루어 짐작케 한다.

제3수는 카메라의 포커스가 시적 자아에 맞춰져 있다. 진무문
을 지나서 사당 앞에 서게 되었다는 것이고, 영정을 바로 보고 서
있으니, 장군의 기개가 의연하게 다가오더라는 이야기다. 그래서
옷깃을 바로 여미고 영정 앞에 고개를 숙였다는 것이다. 순국선열
에 대한 묵념을 시행하였다는 것이다. 이러한 내용들을 상고하면
장영규 시인이 우리의 역사적 인물을 얼마나 숭배하고 추모하는
지를 헤아려볼 수 있게 된다.

Ⅲ. 우리문화 사랑정신이 드러난 작품

김천에 도착하니 아늑한 평온으로
작가의 문학세계 우리들 인도하고
선생님 닮으셨는지
반갑게 맞아준다

민족의 암흑시기 시조의 중흥기에
선생의 생애와 업적을 기리고저
밖에는 꽃향기 흐르고
안에는 문향 흐른다

시조계 선구자로 창작 공간 자리하고
현대시 정서와 삶의 가락 담겨 있는
이곳은 시조의 바다
시조물결 출렁인다

　　　　　　　　　　　　　－ 백수 문학관, 전문

　백수는 정완영 원로 시조시인의 호이다. 김천 직지사 경내에 그
분의 문학관이 건립되었다. 백수선생은 1919년 11월 11일 경상북
도 김천에서 태어났고, 2016년 현재 98세이다. 1960년 국제신보
신춘문예에 <해바라기>가 당선되면서 문단에 데뷔했다. 그는
현재까지 1천 편이 넘는 시조를 썼고 현대시조문학사에서 그 위
치는 확고하다. 나는 창작면에서는 백수 정완영 선생이, 이론면에
서는 월하 리태극 선생이 양대 산맥을 이루었다고 생각한다.

　이 작품은 장영규 시인이 문학기행을 다녀와서 <백수문학관>
을 소재로 쓴 것이다. 제1수는 백수문학관에 도착해서의 느낌을
적고 있다. 그 분위기가 아늑하고 평온했다는 것이고, 우리들을
작가의 문학세계로 인도했다는 것이다. 그 문학관이 마치 정완영
선생처럼 우리들을 반갑게 맞이해 주었다는 것이다.

　제2수는 백수 정완영 선생의 생애와 업적을 찬양하고 있다. 민
족의 암흑기인 일제 때부터 시조를 쓰기 시작했고, 쇠퇴하던 시조

를 중흥시키는데 크게 이바지했다는 것이다. 그래서 그분의 생애와 업적을 기리기 위해 이러한 문학관이 건립되었다고 본 것이다. 종장은 문학관 안팎의 분위기와 느낀 점을 기술하고 있다. 밖에는 꽃향기가 흐르고 안에는 글향기가 흐른다고 했는데, 이것은 대상을 육안으로 본 것이 아니라 심안으로 본 것이다.

　제3수 또한 주인공 백수선생을 찬양하는 의미가 담겨 있다. 그분은 시조계의 선구자이시고, 이 문학관에는 창작공간까지 자리하고 있다는 것이다. 그분의 작품에는 현대시의 정서와 전통적인 가락이 담겨 있다고 보았다. 종장에서는 장영규 시인의 개성적인 안목이 발휘되고 있다. 이곳 백수문학관을 "시조의 바다"라 보았고, "시조의 물결이 출렁인다."고 보았기 때문이다.

　　　연초록 물들인 듯 갈아입은 산야 달려
　　　문학의 발자취 남긴 유적지 찾아간다
　　　선생님 가시었어도
　　　향기 짙은 시의 꽃들

　　　전시실 바로 앞에 임의 동상 앉아 있고
　　　찾아온 방문객들 함께 앉아 사진 찍고
　　　추억의 앨범 속에서
　　　웃고 있는 동류 문인

　　　문학관 주변에는 생가와 실개천이
　　　그림처럼 어울려서 호흡을 하고 있다
　　　뛰놀던 마당가에는

해바라기 웃고 있고

– 정지용 문학관, 전문

  이 작품은 <정지용 문학관>을 다녀와서 쓴 기행시이다. 정지용은 충북 옥천 출생으로 1902년에서 1950년까지 생존했던 문인이다. 초기에는 이미지즘 계열의 작품을 썼으나, 후기에는 동양적 관조의 세계를 주로 형상화 하였다. 시집으로는「정지용 시집」,「백록담」등이 있다. 제1수에서는 장영규 시인이 <정지용 문학관>을 찾아가는 광경이 그려져 있다. 계절은 5월쯤으로 생각된다. 연초록의 새싹들이 산야를 뒤덮었다고 표현했기 때문이다. 중장에서는 이 여행의 목적을 뚜렷이 밝혔다. 선생이 남긴 작품들을 만나기 위하여 그 유적지를 찾아간다는 것이다. 그런데 문학관에는 계셔야 할 선생은 안 계시고 작품들만 남아서 향내를 짙게 풍기고 있다는 것이 시적 자아의 느낌이다.

  제2수는 문학관 안에서의 여러 정경을 스케치한 것이다. 그 당시 많은 문인들이 전시실 안에서 선생의 작품들을 감상하고 유품들을 챙겨 보았다. 그리고 전시실 밖으로 나오면 선생의 동상이 있었는데, 그 동상을 옆에 끼고서 사진을 찍은 사람이 있었고, 선생을 중심으로 해서 좌우로 벌여 서서 사진을 찍기도 했다. 그 모습들은 모두가 즐거워서 웃는 형상을 하고 있었던 것이다. 그것을 자아는 "추억의 앨범 속에서/ 웃고 있는 동류 문인"이라 표현했던 것이다.

  제3수는 문학관 주변의 풍경을 그린 것이다. 문학관 바로 옆에는 선생의 생가가 복원되어 있었고, 그 앞으로는 아직도 실개천이 흐르고 있었다. 문학관과 생가, 그리고 실개천이 조화를 이루어 한 폭의 그림을 보는 듯한 느낌이다. 또한 생가의 마당에는 해바라기를 위시하여 많은 꽃들이 피어서 방문객들을 즐겁게 해주었다. 특히 활짝 웃는 해바라기는 생전의 선생 얼굴을 연상케 하여 감동적이었던 것이다.

IV. 선조들의 유적지를 찾아서

미륵산 남쪽 자락 미륵사지 자리하고
백제의 불교예술 정수를 집결시켜
구층탑 세워 놓았네
돌을 깎고 다듬어서

미륵사 구층 석탑 백제 무왕 창건하고
백제의 미륵사상 백성들에 불교 전파
기다린 미륵부처님
오실 때는 언제인가

최대의 백제가람 천여 년 올라서서
석탑의 사리장엄 석공예도 뛰어나고
백제 혼 일깨워 준다
내면에 담긴 정신

— 익산 미륵사지 석탑, 전문

미륵사지는 마한의 옛 도읍지로 추정되는 익산시의 미륵산 남쪽 자락에 자리했다. 601년 백제 무왕 때 창건된 것으로 전해지며, 무왕과 선화공주의 설화가 유명하다. 국보 제11호인 동양 최대의 석탑인 미륵사지 석탑과 보물 제236호인 당간지주가 남아 있다. 寺城은 경작지와 민가로 변하여 오늘날까지 전해 온다.

제1수는 미륵사지와 미륵사지 석탑에 대한 사진을 보는 느낌이다. 미륵산 남쪽 자락에 미륵사지가 자리했다는 것이며, 그곳에 있는 석탑은 백제 불교예술의 정수를 보여준다는 것이다. 얼마나 예술적 가치가 높으면 정수를 보여준다고 하였을까. 다른 사람이 흉내 내기 어렵다는 것을 빗대어 표현한 것이다. 원래는 사각형태의 9층 석탑이었는데, 현재는 6층으로 남아 찾아오는 이들을 맞이하고 있는 것이다.

제2수에서 핵심적인 것은 미륵사상이다. 석가모니불이 그 제자 중의 한 사람인 미륵에게 장차 성불하여 제1인자가 될 것이라 예고했고, 이를 부연하여 편찬한 책이 미륵삼부경이다. 이 삼부경은 각각 上生과 下生과 成佛에 관한 세 가지 사실을 다루고 있다. 미륵보살을 신앙의 대상으로 삼아 부지런히 도를 닦으면, 이 세상을 떠날 때 도솔천에 태어나서 미륵보살을 만날 뿐만 아니라, 미래의 세상에 제일 먼저 미륵불의 법회에 참석하여 깨달음을 얻게 된다는 것이다. 이 미륵사지 석탑이나 미륵사를 통해서 백성들에게 미륵사상이 전파되었을 것이고, 장차 오시게 될 미륵부처님은 언제 오실는지 모르겠다는 것이 제2수의 내용이다.

이 미륵사지석탑에서는 2009년 1월 해체수리 중에 탑신 내부에서 완전한 사리장엄구가 발견되었다고 한다. 이 사리장엄에는 금제사리호, 유리사리병, 청동합 6점, 은제관식 2점, 금제족집게 1점, 유리구슬 등이 있었다고 한다. 제3수에서는 1천여 년 전 백제시대로 거슬러 올라가서 석탑의 사리장엄이 나온 사실을 형상화하고 있다. 이러한 유품들에서는 백제 혼을 일깨워 주고, 그 내면에는 백제정신이 담겨 있다는 것이 시적 자아의 불교관이다.

일주문 들어서니 만해정신 산실로
좌우로 화엄실과 법화실 보존하고
자비의 밥을 먹고서
살찌우는 영혼들

선사의 출가사찰 정면에 극락 보존
화엄실 역대의 전통이 수행한 곳
그분이 쓰신 방에는
五共의 바람 일고

수려한 자연 속에 소장된 유물 모아
찬란한 예술보고 금자탑 이룩하고
북소리 범종소리가
적막강산 울린다

— 백담사에서, 전문

장영규 시인에게는 불교와 관련된 작품이 많이 보인다. 이 작품의 핵심 소재는 백담사이다. 이 절은 신라 제28대 진덕여왕 원년(647)에 자장율사가 한계리에 절을 지어 미타상 삼위를 조성, 이를 한계사라 한데서 비롯된다. 그 후 운홍사, 심원사, 선귀사, 영취사라는 이름을 거쳐 현재는 백담사라 불리운다. 이 백담사는 만해 한용운과 관련이 깊다. 그는 옥중에서 「朝鮮獨立의 書」를 발표, "일본이 폭력으로 조선을 합병하고 2천만 민족을 노예시하면서도 조선을 합병함은 동양평화를 위함이며 조선민족의 안녕, 행복을 위함"이라 하는 것은 거짓이라고 주장하였다. 그의 행동주의, 그의 혁신운동, 그의 민족정서의 모든 것들은 한민족의 양심을 대변한 것이다. 이처럼 위대한 사상은 설악산의 영봉과 골짜기에서 싹트고 자라났다고 본다.

이러한 이유로 해서 제1수에서는 백담사를 만해정신의 산실이라 표현하였다. 좌우에는 화엄실과 법화실이 보존되고, 이곳에 사는 승려나 신도들을 "자비의 밥을 먹고서/ 살찌우는 영혼"들이라 불렀다.

그리고 최근에 백담사가 유명해진 것은 전두환 대통령이 이곳으로 귀양 가서 기거했기 때문이다. 제2수에서는 정면에 극락보존이 있고, 화엄실은 전통이 수행한 곳이라고 하였다. 전두환 대통령이 이곳에 계셨기 때문에 종장에서는 그분이 쓰던 방에서는 五共의 바람이 인다고 했으니, 좋은 이미지보다는 나쁜 이미지가 강하다는 생각이다.

제3수에서는 수려한 자연 속에 소장된 유물이 많다고 하였다. 그 유물을 다 소개하려면 지면이 모자랄 것이다. 그러한 연유로 찬란한 예술보고 금자탑을 이루었다고 표현한 것이다. 종장에서는 "북소리 범종소리가 적막강산 울린다."고 했는데, 아마도 이러한 범종소리가 계곡이 떠나갈 듯이 크게 들리어 적막강산 울린다는 표현을 했을 것이라 추정된다.

    지금까지 만헌 장영규 시인의 작품세계를 알아보기 위하여 장황하게 작품론을 전개하였다. 특히 형식면에서 3수 연시조를 주로 썼는데, 단시조 가지고는 시상을 완전하게 펼칠 수 없기 때문에 이러한 시형을 선호한 것으로 파악된다. 한 행이 거의 4음보로 이루어졌고, 율격도 주로 3,4조를 구사해서 시조의 정체성을 살린 작품을 썼다고 생각된다.

    작품 내용은 기행시조가 주류를 이루었다. 역사 유적지, 문학 인물이나 문학관, 오래된 사찰을 주로 탐방하면서 마치 사진작가가 사진을 찍어오듯이 작품 한편씩 생산한 것으로 생각된다. 그러한 기행시조가 많기 때문에 작품이 先景後情의 구조를 띤 것이 많다. 그만큼 종장 처리에 고심을 많이 했다는 이야기다. 만헌 장영규 시인은 누구보다도 습작을 많이 하고 노력하는 시인이다. 열심히 공부하고 열심히 글을 쓴다. 첫 시조집 상재하는 것을 거듭 축하드리며 일취월장하시기를 빌어마지 않는다.

(2016. 1. 30.)

장 영 규(張榮奎)

호 : 輓軒(만헌), 법호 : 範山(범산)

전남 영광 출생

한양대학교 경상대학 경영학과 졸업

한양대 경영대학원 졸업(MBA:경영학 석사)

중 · 고등학교 교사 정년퇴임(36년)

광나루 문학회 회원, 한맥 문학 시조부문 신인상 등단

한맥 문학 동인, 작가회 회원, 여강시가회 이사

한국 시조시인협회 회원, 한국 문인협회 회원(시조 분과)

시조문학 문우회 회원, 한국시조사랑 시인협회이사

수상 내역 : 서울시 교육감, 교육부장관 상, 대한교련연합회장 상

교육표창 옥조근정훈장 외 다수

저서 :『광나루 월요수상』(공저),『여강의 물결』,『시조미학』,『시조 선총 100인 선집』외 다수

연락처 : 010-8777-4671, 02)921-9244

이메일 : djyk107@hanmail.net

주소 : 서울시 동대문구 무학로 26길 30(신동아 아파트 101동 204호)

늘 흐르는 물처럼

초판 1쇄 인쇄일	2016년 5월 24일
초판 1쇄 발행일	2016년 5월 25일

지은이	장영규
펴낸이	정진이
편집장	김효은
편집/디자인	김진솔 우정민 박재원
마케팅	정찬용 정구형
영업관리	한선희 이선건
책임편집	우정민
펴낸곳	국학자료원 새미 (주)
	등록일 2005 03 15 제25100-2005-000008호
	서울특별시 강동구 성안로 13 (성내동, 현영빌딩 2층)
	Tel 442-4623 Fax 6499-3082
	www.kookhak.co.kr
	kookhak2001@hanmail.net

ISBN	979-11-86478-94-3 *03810
가격	10,000원